Analyse de l'œuvre

Par Julie Mestrot et Pauline Coullet

Le Guépard

de Giuseppe Tomasi
di Lampedusa

lePetitLittéraire.fr

Rendez-vous sur lepetitlitteraire.fr et découvrez :

Plus de 1200 analyses
Claires et synthétiques
Téléchargeables en 30 secondes
À imprimer chez soi

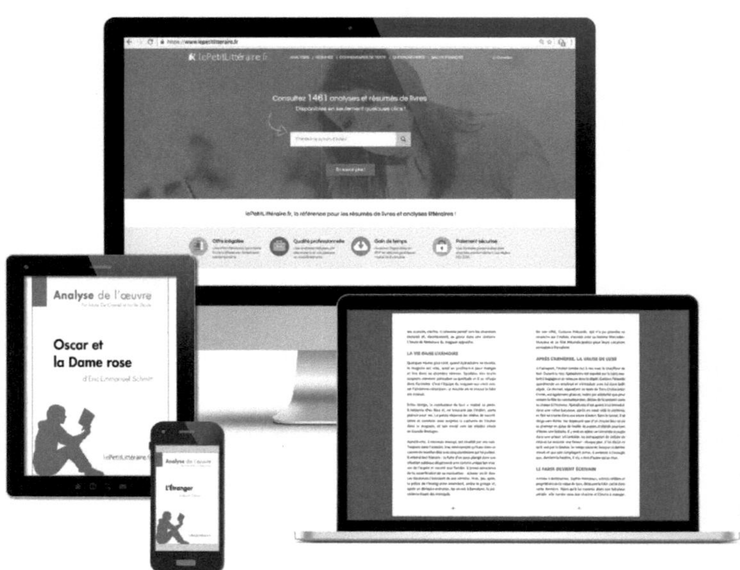

GIUSEPPE TOMASI DI LAMPEDUSA

ROMANCIER ET NOUVELLISTE ITALIEN

- **Né en 1896 à Palerme (Sicile)**
- **Décédé en 1957 à Rome**
- **Quelques-unes de ses œuvres :**
  - *Le Professeur et la Sirène* (1961), nouvelles
  - *Leçons sur Stendhal* (1985), essai
  - *Byron* (1999), essai

Membre de l'aristocratie sicilienne, Giuseppe Maria Fabrizio Salvatore Stefano Vittorio Tomasi, duc de Palma de Montechiaro et prince de Lampedusa, est l'auteur d'un seul roman, *Le Guépard*, achevé juste avant sa mort. Il est aussi l'auteur de quelques études littéraires, en particulier sur Stendhal (écrivain français, 1783-1842).

Sa carrière est avant tout militaire : c'est en tant que lieutenant que Lampedusa participe successivement aux deux guerres mondiales. En 1932, il épouse Alessandra Wolff-Stomersee (1894-1982), une psychanalyste originaire de Saint-Pétersbourg.

Lampedusa s'éteint dans un hôtel de Palerme comme le héros de son roman, sans voir son unique œuvre publiée.

LE GUÉPARD

LA SICILE, UNE PASSION ET UNE MÉLANCOLIE

- **Genre :** roman historique
- **Édition de référence :** *Le Guépard*, traduit de l'italien par Fanette Pézard, Paris, Seuil, coll. « Points », 2007, 357 p.
- **1re édition :** 1958
- **Thématiques :** histoire de l'Italie, aristocratie, déclin, mort, solitude, ambition

Le Guépard raconte la chute d'une famille princière et, à travers elle, le destin de toute l'aristocratie sicilienne du *Risorgimento* (« renaissance » en italien, terme utilisé pour évoquer le mouvement idéologique et politique qui traverse l'Italie durant la première moitié du XIXe siècle). Roman historique, il possède également une dimension autobiographique. Il se caractérise par la place singulière accordée à la subjectivité du héros.

À sa publication en 1958, en dépit du *Premio Strega* (équivalent italien du Prix Goncourt) qu'il obtient, *Le Guépard* ne rencontre pas immédiatement le succès auprès du public. Le néoréalisme, qui privilégie la description sans fard de la société contemporaine et l'exaltation de l'antifascisme, domine alors la scène littéraire et cinématographique en Italie. Mais, au fil du temps, le livre a fini par trouver son public. Aujourd'hui, l'œuvre est considérée comme un classique de la littérature italienne et figure au programme de l'enseignement en Italie. L'adaptation cinématographique extrêmement fidèle qu'en a fait Visconti (réalisateur italien, 1906-1976) a obtenu la Palme d'or à Cannes en 1963.

- 3 -

RÉSUMÉ

L'ANNONCE D'UNE NOUVELLE ÈRE

Le roman s'ouvre sur la récitation du rosaire (une sorte de prière) par le prince de Salina, don Fabrizio, ainsi que sur la description qu'il fait de son palais à Palerme, du royaume des Deux-Siciles et de sa famille. Le prince de Salina incarne l'ancienne aristocratie italienne dont il fait partie. C'est un homme cultivé et puissant. Il est très souvent accompagné de son chien, Bendicò, dont il apprécie la loyauté et l'intelligence.

En mai 1860, don Fabrizio a une conversation politique avec son neveu Tancredi, pour lequel il éprouve une affection plus grande que pour ses propres enfants. Plus tard, il apprendra que sa fille, Concetta, est amoureuse de lui et désapprouvera cet amour, qu'il juge indigne de Tancredi. Ce dernier est un personnage ambitieux, prêt à tout pour atteindre ses objectifs.

À l'époque, l'Italie est sujette à de nombreux changements : elle entre dans la période dite du *Risorgimento* qui mènera à l'unification du pays (1861) et au développement du sentiment national. « Si nous voulons que tout reste tel que c'est, il faut que tout change », explique le prince à son neveu (p. 32). Ce dernier souhaite en fait rejoindre les partisans du roi Victor-Emmanuel II (1820-1878), favorables à l'unification de l'Italie. À contrario, don Fabrizio, comme l'ensemble de l'aristocratie sicilienne, craint de voir ses privilèges abolis par cette unification qui implique le rattachement du royaume des Deux-Siciles au reste de l'Italie et la chute du roi François II (dernier roi du Royaume des Deux-Siciles, 1836-1894), qui règne alors sur Palerme. Malheureusement pour lui, il apprend le lendemain de sa discussion avec Tancredi le débarquement à Marsala du général Garibaldi (1807-1882) qui lutte pour la constitution de l'État italien.

Don Fabrizio se rend ensuite, en compagnie de son chien, à l'observatoire astronomique du père Pirrone, son confident et ami. Tous deux ont une discussion sur les récents évènements politiques et sur les changements à venir : l'avènement de la bourgeoisie comme nouvelle classe dominante et l'abolition des privilèges des aristocrates et de l'Église. Ils s'abandonnent ensuite à leur passion commune : l'étude du mouvement des astres.

Pendant les vacances, le prince et sa famille se rendent sur leurs terres à Donnafugata : « Il aimait la maison et les gens de Donnafugata, le sentiment de possession féodale qui y avait survécu. » (p. 59) Mais don Fabrizio trouve sa ville changée, en particulier suite à l'ascension du parvenu don Calogero Sedara, chef des libéraux, un paysan devenu aussi riche que lui grâce aux affaires. Il voit en lui « la révolution en personne » (p. 80). Même le chien Bendicò grogne lorsqu'il le voit. Le pays est en effet en train de changer : la bourgeoisie s'élève alors que la noblesse se voit menacée. Pourtant, le prince semble vouloir ignorer le danger qui pèse sur sa condition et, à mesure que le temps passe, il apprend à connaitre Sedara : la différence sociale qu'il y avait au départ entre les deux hommes commence à s'estomper. Le prince reconnait d'ailleurs l'intelligence pragmatique de

Sedara. Angelica, sa fille, charme immédiatement Tancredi par son extrême beauté et par sa richesse.

Peu de temps après, le jeune homme demande au prince l'autorisation d'épouser Angelica. Stella, la femme de don Fabrizio, réagit avec indignation car ce mariage entre un noble et la fille d'un parvenu serait une mésalliance. D'autres, comme don Ciccio, voient également d'un mauvais œil cette union : « Ça, excellence, c'est une vilenie ! [...] C'est la fin des Falconeri, et des Salina aussi ! » (p. 128) Don Fabrizio se montre, quant à lui, prêt à s'adapter et se montre favorable à cette union.

Angelica fait sa première visite en tant que fiancée chez les Salina. Toute la demeure semble décrépie, signe du commencement de la décadence de la noblesse, mais en même temps habitée par une certaine ambiance sensuelle. En effet, les promenades et les jeux amoureux des deux amants dans le château produisent une tension sexuelle qui imprime les lieux.

Un chapitre entier est consacré à la visite du père Pirrone à sa famille de San Cono. Cette parenthèse permet de décrire les conditions de vie des paysans et de se focaliser sur le prêtre, chargé de démêler une situation familiale complexe. Angelina, sa nièce, enceinte de trois mois, a été séduite par le fils de Turi, issu d'une branche ennemie de la famille. La querelle remonte à deux générations et tire son origine d'un vol d'amandiers. Le père règle la situation en mariant les deux amants.

À la chasse, le prince s'entretient avec don Ciccio au sujet d'un plébiscite à Donnafugata. Celui-ci vise à soumettre aux votes l'approbation de l'unification. Ciccio dénonce ce référendum qui, selon lui, est truqué : il s'agit, selon lui, de « l'annulation stupide de la première expression de liberté qui se fut jamais présentée à ce peuple » (p. 121). En effet, sous la pression des notables locaux, les Siciliens votent massivement en faveur de l'unification. Paradoxalement, le prince a voté en faveur de l'unification, pensant qu'en s'adaptant aux changements, il sauverait sa famille de la chute générale de l'aristocratie. En effet, avec l'unification, le pouvoir se fera plus libéral, délestant les aristocrates de leurs privilèges et favorisant la montée de la bourgeoisie d'affaires.

En novembre 1860, le prince reçoit la visite du Piémontais Chevalley de Monterzuolo. Il s'entretient avec lui sur les différences entre le Nord et le Sud de l'Italie. Chevalley propose au prince de devenir sénateur du royaume. Celui-ci refuse par fidélité aux Bourbons :

> « Nous fûmes les Guépards, les Lions ; ceux qui nous remplaceront seront les petits chacals, les hyènes. Et tous ensembles, Guépards, chacals et moutons, nous continuerons à nous considérer comme le sel de la terre. » (p. 195)

Deux ans plus tard, les Salina et les Sedara se rendent dans un bal au palais Ponteleone. Angelica fait ses premiers pas dans le monde. Son père s'extasie sur le luxe du palais : il est « insensible à la grâce [mais] attentif à la valeur monétaire » (p. 237). Quant au prince, fatigué, il se réfugie dans la bibliothèque où il contemple le tableau de Greuze (peintre et dessinateur français, 1725-1805), *La Mort du juste*, et envisage sa propre fin. Mais une danse avec Angelica le rassérène : « À chaque tour une année tombait de ses épaules. » (p. 242) Sur le chemin du retour, il contemple, mélancolique, les étoiles, les seuls éléments qu'il parvient à maitriser maintenant qu'il sent sa fin – et celle de l'aristocratie – proche.

LA FIN D'UNE ÉPOQUE

Quelques années plus tard, on retrouve le prince à la fin de sa vie, sur son lit d'agonie dans un hôtel miteux de Palerme. Il reçoit l'ultime visite de Tancredi et de son petit-fils, Fabrizietto. Don Fabrizio porte des réflexions amères sur sa vie et sa famille : « Le dernier Salina, c'était lui, le géant émacié qui agonisait à présent sur le balcon d'un hôtel. » (p. 263) Puis la mort arrive, personnifiée en une belle femme, Vénus, en costume de voyage.

En mai 1910, l'Italie est redevenue stable. On découvre que les trois filles du prince, dont Concetta, sont restées vieilles filles. Elles vivent sur les vestiges de l'aristocratie italienne. Elles reçoivent dans leur palais de Palerme le vicaire général qui vient préparer l'inspection des oratoires privés de son archidiocèse selon les dispositions pontificales : il lui faut vérifier l'authenticité des reliques religieuses réunies par les trois femmes. C'est un épisode important, car leur piété, leur lien avec la noblesse de robe, que devrait symboliser le grand nombre de reliques amassées, est le dernier signe de leur appartenance à une aristocratie aujourd'hui déchue. Mais, au terme de ses analyses, le cardinal de Palerme déclare que seules cinq des septante-quatre reliques de la famille sont authentiques : ce dernier coup, qui retire aux trois femmes leurs derniers privilèges, achève ce qui restait de leurs souvenirs d'un passé faste.

Concetta, recueillant « un enfer de souvenirs momifiés » (p. 280) dans sa chambre, contemple son trousseau (les vêtements que l'on donne à une fille qui se marie) désormais inutile. Elle reçoit, comme à l'accoutumée, la visite d'Angelica, menacée par la maladie, puis celle du sénateur Tassoni, un ancien ami de Tancredi. À la fin du roman, elle jette le chien Bendicò, désormais mort et empaillé, que son pelage fatigué rend semblable à un guépard.

ÉTUDE DES PERSONNAGES

DON FABRIZIO, PRINCE DE SALINA

Héros du roman, don Fabrizio est issu de l'ancienne aristocratie sicilienne par son père, mais a, par sa mère, des origines allemandes. Décrit comme un homme puissant, grand et au caractère impétueux, le prince apparait semblable à Jupiter ou à Poséidon. Sa taille et sa puissance lui confèrent également un aspect léonin, ce qui l'associe au guépard, blason de la famille Salina. De sa femme, Maria Stella, il a sept enfants, mais c'est à Tancredi Falconeri, son neveu, que va sa préférence.

Le prince se distingue surtout par une certaine ambivalence et complexité de caractère. En effet, cet homme, bien que sensuel et animé par la passion, se fait parfois scientifique lorsqu'il se livre à l'étude des astres. La focalisation interne du roman révèle d'ailleurs la richesse de sa vie intérieure et de ses aspirations intellectuelles. L'accent est mis dans l'œuvre sur la subjectivité du prince, qui est à la fois :

- orgueilleux lorsqu'il s'agit de sa lignée aristocratique (« Nous fûmes les Guépards, les Lions ; ceux qui nous remplaceront seront les petits chacals, les hyènes. », p. 195) ;
- hardi ;
- mélancolique lorsqu'il songe aux étoiles mais aussi à la mort, comme dans la scène du bal ;
- sensuel : il aime la sensualité d'Angelica et a plusieurs amantes ;

- contemplatif ;
- colérique ;
- bienveillant.

Enfin, le prince, par son caractère, son destin et ses choix, apparait comme le symbole de toute l'aristocratie. Sa puissance et le respect qu'il inspire aux autres, mais aussi son immobilisme (il ne s'engage pas en politique pour tenter de sauvegarder ses droits, puisqu'il sait la bataille perdue d'avance) reflètent la condition et le destin des aristocrates. Le *Risorgimento* inquiète à juste titre cet homme vieillissant qui s'interroge sur les conséquences du changement politique et social sur sa condition et sur l'ancien ordre féodal.

Il meurt à un âge avancé, bien qu'il regrette de ne pas avoir complètement vécu. Il s'éteint sereinement, entouré de sa famille, en suivant Vénus, l'étoile à la beauté légendaire qu'il admire depuis des années. Sa mort symbolise donc la fin de l'aristocratie : le prochain chapitre verra ses filles assises sur leurs souvenirs d'un passé faste et noble.

L'IMPORTANCE DU BESTIAIRE DANS LE ROMAN

Lampedusa développe tout un bestiaire dans son roman. On y trouve des guépards et des lions, qui représentent l'aristocratie et qui se voient détrônés pas les chacals (don Calogero) et les louves (Angelica). En comparant les hommes aux animaux, le narrateur fait des individus des êtres de pulsions, portant un regard pessimiste sur leurs actes ainsi que sur la société et la politique de l'époque. Les hommes sont semblables à des animaux qui se battent pour survivre.

TANCREDI FALCONERI

Tancredi Falconeri, le jeune neveu du prince, son favori, est aussi charmeur que moqueur. Il répond au type de l'ambitieux arriviste et possède une grande intelligence des évènements politiques. Il participe à la révolution garibaldienne et rejoint ensuite l'armée. Il s'engage dans la cause libérale afin de conserver les avantages de sa classe. Le choix de son mariage avec Angelica, s'il semble d'abord répondre à un idéal romantique, procède en réalité d'un véritable calcul financier, puisque, par cette union, Tancredi pourrait profiter de la fortune de sa femme.

Le destin de ce personnage apparait comme inversement symétrique par rapport à celui du prince. Au déclin de don Fabrizio et à sa vieillesse répondent l'irrésistible ascension et la jeunesse de Tancredi. Mais les compromissions de celui-ci (son mariage et son engagement avec Garibaldi) empêchent de le considérer comme le dernier représentant de la famille Salina, des guépards. Il veut jouir de la vie sans se laisser entraver par le passé et les traditions qui dirigent l'aristocratie. Il est le seul personnage de la famille à ne pas subir le déclin aristocratique. On apprend, à la fin du roman, qu'il est mort peu de temps avant les 70 ans de sa femme.

LE PÈRE PIRRONE

Le père Pirrone est l'ecclésiastique de la maison Salina.

Sa figure est inséparable de celle du prince de Salina avec lequel il forme un couple pittoresque. Jésuite et savant mathématicien, ce personnage acquiert au fil du roman une complexité qui lui confère une place importante dans le roman. La cinquième partie, qui lui est entièrement consacrée, permet d'en apprendre davantage sur ce personnage jusque-là resté dans l'ombre du splendide don Fabrizio : son origine populaire et le grand respect dont il fait l'objet sont pour la première fois évoqués. Le père Pirrone fait preuve, lors des querelles de famille, d'une grande habileté et d'une connaissance certaine de la nature humaine.

Le traitement de ce personnage est subtil : le narrateur porte un regard gentiment moqueur sur celui qui n'aura plus sa place dans la nouvelle société telle qu'elle se profile à la mort du Guépard. Il mourra quelques années avant don Fabrizio.

DON CALOGERO SEDARA

Sedara est le père d'Angelica. Si don Fabrizio est décrit comme un lion ou un guépard, Sedara est lui comparé à un chacal à cause de son opportunisme : il profite des évènements et chasse la gloire et l'argent. Représentant de la bourgeoisie corrompue et triomphante à l'heure du *Risorgimento*, Sedara fait l'objet de nombreuses remarques satiriques de la part du narrateur : vulgaire, matérialiste et ridicule, seuls son intelligence très pragmatique, sa ruse et son sens des affaires finissent par susciter l'admiration du prince.

Exact opposé du prince, Sedara symbolise l'homme nouveau, la nouvelle bourgeoisie qui vient remplacer au pouvoir l'aristocratie déclinante. Il finit vainqueur à la fin du roman, ayant fait entrer sa fille dans l'aristocratie. Le prince remarquera d'ailleurs qu'il commence à affiner son gout vestimentaire qui trahissait, au début du roman, ses origines.

LES PERSONNAGES FÉMININS

Les personnages féminins sont traités sans complaisance dans l'ensemble du roman. Ce tableau est, en un sens, fidèle au statut de la femme dans la Sicile pour le moins machiste du XIXe siècle.

Les femmes, en particulier celles de la famille Salina, sont le plus souvent décrites comme pieuses et soumises. Leur attitude confine à un immobilisme parfois ridicule. Élevées conformément aux usages de l'époque, toutes sont dévotes, ignorantes des enjeux politiques et fermement attachées aux signes superficiels de leur appartenance à l'aristocratie. Dans ce tableau de la famille Salina, Concetta, l'une des filles du prince, fait toutefois exception : de tous les enfants du prince, elle est la seule à bénéficier de certains passages en focalisation interne. Elle apparait comme une vraie Salina : elle est, à l'image de son père, forte, inébranlable et fortement attachée à sa lignée. Elle a été mésestimée par son père, qui lui préférait Tancredi, parce qu'elle était une femme discrète. C'est une victime sacrifiée à l'autel de l'histoire et du pragmatisme. Amoureuse éconduite par Tancredi, elle acquiert aussi la dimension d'une héroïne romanesque tragique. Elle finira, comme ses sœurs, vieille fille et ne contribue donc pas à la pérennité de la lignée. Elle voit l'aristocratie accuser un dernier coup, signe de l'achèvement de sa déchéance, lorsque le clergé lui enlève les reliques religieuses de la famille : il ne reste plus rien du faste de leur enfance.

Angelica se distingue, quant à elle, de façon splendide du reste des femmes du roman. Extrêmement belle, elle incarne le mouvement et la sensualité. Le narrateur nous révèle aussi sa nature profondément hypocrite, ambitieuse et superficielle. Elle est présentée comme une femme fatale, corruptrice, qui parvient à se faire épouser par un aristocrate en dépit de ses origines obscures. Elle est comparée à une vipère ou à une louve, ce qui renforce son aspect dangereux. Tel son père, elle chasse la gloire et la fortune. Elle est aussi l'incarnation des fantasmes masculins. On la retrouve à la fin du récit, quelque temps après la mort de son mari, alors qu'elle rend visite aux Salina. Le narrateur indique qu'elle va bientôt tomber gravement malade.

BENDICÒ

Bendicò est le chien danois de don Fabrizio. Bien que ce soit un animal, il possède un rôle majeur dans le roman : selon l'auteur lui-même, il est un personnage très important qui apporte la clé du roman.

C'est un chien vif et affectueux. Il apparait dès l'incipit du livre et clôt l'intrigue. Il se trouve dans la plupart des scènes, toujours en retrait, et est souvent comparé à un humain ou sert lui-même de comparaison à un personnage. Par exemple, Mariannina, la prostituée à qui don Fabrizio rend régulièrement visite, est désignée comme un Bendicò en jupon.

La relation du chien avec le prince est très forte : ce dernier s'appuie beaucoup sur lui et le compare même aux étoiles, car ils lui apportent autant de bonheur et de sérénité. Bendicò est aussi un juge avisé : il grogne, selon les situations, sur certains personnages (sur Angelica et don Calogero par exemple, qui, appartenant à la bourgeoisie, sont un danger pour l'aristocratie).

Néanmoins, Bendicò est avant tout un symbole qui représente la maison Salina. C'est un chien de race noble, aussi imposant que son maitre, qui méprise les classes inférieures, comme la bourgeoisie. Insouciant tout au long du roman, il meurt à la fin du récit et sera empaillé, incarnant ainsi le déclin de la famille. Il a alors l'air misérable : ce n'est plus qu'une peau rongée par les vers. Concetta finira même par le jeter par la fenêtre :

> « Quelques minutes plus tard ce qui restait de Bendicò fut jeté dans un coin de la cour [...] : au cours de son vol par la fenêtre sa forme se recomposa un instant : on aurait pu voir danser dans l'air un quadrupède aux longues moustaches et la patte droite antérieure semblait lancer une imprécation. Puis tout s'apaisa dans un petit tas de poussière livide. » (p. 294)

Bendicò, dans ses derniers instants, ressemble à un guépard dansant, le blason des Salina, avant de disparaitre dans un tas de poussière. Il représente la chute de la famille et, plus généralement, le déclin de l'aristocratie.

CLÉS DE LECTURE

UN ROMAN HISTORIQUE

Le Guépard est un roman historique, c'est-à-dire qu'il mêle des évènements réels avec des éléments fictionnels :

- d'une part, *Le Guépard* rend fidèlement compte des évènements historiques qui ont marqué l'Italie au XIXe siècle et repose sur un véritable travail de documentation ;
- d'autre part, il met en scène des personnages fictionnels, notamment la famille Salina, qui n'a jamais existé, mais dont l'évocation semble inspirée par les ancêtres de Lampedusa.

Conformément au genre du roman historique, l'ensemble des personnages et évènements relevant de la fiction sont tout à fait vraisemblables au regard de la vérité historique.

Les évènements historiques de l'époque forment la toile de fond du roman. La destinée du prince Salina a pour cadre et problématique centrale le *Risorgimento*, cet épisode majeur de l'Histoire de l'Italie qui a abouti à l'unification du pays. *Le Guépard* commence en effet au moment du débarquement de Garibaldi, acteur majeur du *Risorgimento*, à Marsala, en Sicile, le 11 mai 1860. L'Italie est alors divisée en trois parties :

- les États pontificaux ;
- le Nord sous l'autorité du roi Victor-Emmanuel II soutenu par les Autrichiens ;
- le Sud, appelé le royaume des Deux-Siciles, où règne

François II.

L'expédition victorieuse de Garibaldi soumet l'aristocratie et le roi de Sicile à Victor-Emmanuel II. Au chapitre III du *Guépard* sont relatés l'organisation et les résultats du plébiscite organisé par Victor-Emmanuel II le 21 octobre 1861, à travers lequel les Siciliens doivent se prononcer sur l'unification du pays. L'importance des dates au début de chaque partie, le rappel des principaux évènements d'une époque troublée, la mention de personnages ayant réellement existé (notamment Garibaldi), autant que l'évocation réaliste de la vie à l'époque contribuent à faire de cette œuvre un roman historique.

Cependant, c'est le point de vue du personnage central, membre de l'aristocratie, qui domine dans le récit : le *Risorgimento*, le rattachement des Deux-Siciles au royaume d'Italie et les bouleversements sociaux sont vus à travers l'œil de ce témoin resté en retrait par rapport aux évènements. Ainsi, ce sont surtout les bouleversements des rapports sociaux entre la bourgeoisie et l'aristocratie qui constituent l'axe principal de l'intrigue. Les évènements sont ainsi suggérés plutôt qu'exposés avec précision : ils font surtout l'objet de souvenirs, de conversations, et sont le plus généralement présentés au style indirect libre.

Le roman s'articule autour du jeu des forces sociales, incarnées par les différents personnages du roman :

- don Fabrizio représente l'aristocratie exténuée, repliée sur ses traditions. Cependant, au cours du roman, le prince dévoile une certaine lucidité et assume par

exemple la perspective inéluctable de la fin du monde qu'il connaissait ;
- don Calogero, à l'ascension foudroyante, représente quant à lui la bourgeoisie montante. Intelligent et sans scrupules, c'est un personnage en quête de pouvoir ;
- Tancredi est dans une certaine mesure un faux héros, bien adapté à cette révolution ambigüe.

L'œuvre de Lampedusa entretient un certain pessimisme face aux évènements présentés. Aucun groupe social n'échappe au regard désabusé et ironique de l'auteur, qui semble critiquer de façon générale le manque d'idéal et de valeurs ainsi que l'inexorabilité du temps qui passe. Surtout, il semble, à suivre Lampedusa, que si l'espoir ne sait plus résider dans la noblesse, les récents évènements doivent aussi nous laisser pessimistes quant à l'avenir politique. Le plébiscite truqué est vu comme « une mutilation des âmes » (p. 119), engendrant la naissance ratée de la démocratie, et Garibaldi est mythifié de façon grotesque (les lithographies qui le représentent le font ressembler de façon ridicule au dieu Mars, selon don Fabrizio). Les nouveaux puissants ne feront pas autre chose que les anciens, le même archaïsme creusera l'écart entre le Nord et le Sud, et la Sicile demeurera inchangée, misérable.

UNE MÉDITATION MÉTAPHYSIQUE SUR L'HOMME ET SON RAPPORT AU TEMPS ET À LA MORT

Le Guépard est un roman du déclin. Son héros contemple, impuissant, l'effondrement d'un monde. La déchéance économique et spirituelle de l'aristocratie est rendue par l'évocation du faste ébréché, des palais à l'abandon et de la stérilité des trois sœurs demeurées célibataires. Mais il s'agit aussi, comme le suggère le personnage de don Fabrizio, de la fin d'un art de vivre et d'une certaine manière de penser.

Dès lors, la mort est omniprésente. Le prince la courtise, selon le mot de Tancredi, lorsqu'il contemple le tableau de Greuze, et apparait souvent habité par une sombre mélancolie. La mort est d'ailleurs personnifiée dans la figure de Vénus par don Fabrizio, tandis que, devant le tableau de Greuze, le prince pense à sa propre mort, qu'il sent proche comme la fin de l'aristocratie. La représentation de la mort subit un traitement exceptionnel dans la septième partie du *Guépard*. Son expérience est rendue par le point de vue du mourant : le lecteur vit les dernières minutes du prince à travers ses yeux. Ce traitement de la mort n'est que très rarement adopté dans la littérature : Marcel Proust (écrivain français, 1871-1922) avec *Les Plaisirs et les jours* (1896) et Léon Tolstoï (écrivain russe, 1828-1910) avec *La Mort d'Ivan Illitch* (1886) en sont de rares exemples.

Il faut enfin noter les nombreuses évocations réalistes de la mort qui ponctuent le récit, par exemple celle du soldat mort, trouvé dans le jardin dans le premier chapitre (p. 13), ou encore celles des charognes en décomposition, spectacle qui s'offre à don Fabrizio à la sortie du bal :

> « Un long chariot découvert portait entassés, les bœufs qu'on venait de tuer à l'abattoir. Ils étaient partagés en quatre et exhibaient leurs mécanismes les plus intimes avec l'impudeur de la mort. Par intervalles, des gouttes de sang

rouge, épais, tombait sur la chaussée. » (p. 251)

Le roman est une interrogation sur la place du changement et de l'éternité : face aux changements de l'Histoire, le prince désire l'éternité, ce qui se remarque notamment à travers ses travaux en astronomie (à travers les étoiles, il contemple l'infini : Vénus, qu'il admire, brille depuis des années). De même, son gout pour la Sicile aux paysages immuables renvoie à son désir d'éternité : « Passage incessant des vents qui font des arpèges de leur deuil sur les surfaces assoiffées, hier, aujourd'hui, demain, toujours, toujours, toujours. » (p. 237) Le prince est en quête d'éternité, peut-être d'une certaine transcendance qui lui procure, en dépit des aléas de la vie politique, calme, réconfort et joie.

UNE ÉCRITURE DE LA SUBJECTIVITÉ

C'est un narrateur omniscient, externe à l'histoire, qui prend en charge l'ensemble du récit. Pourtant, il est indéniable que le point de vue dominant est celui du prince de Salina. Les pensées de ce personnage nous sont en effet révélées par le passage fréquent à la focalisation interne, qui n'est que rarement utilisée pour les autres personnages (sauf dans la partie consacrée au père Pirrone, ce qui permet d'offrir un autre regard sur les évènements). Une ambigüité demeure d'ailleurs souvent sur l'origine des jugements prononcés : s'agit-il de ceux du narrateur ou de don Fabrizio ?

Grâce à ces passages en focalisation interne, le lecteur pénètre dans l'esprit du prince et accède à l'intériorité d'un homme réfléchi et méditatif, ainsi qu'aux innombrables nuances de sa personnalité. On découvre sa solitude, ses doutes, son pessimisme et sa vision de la Sicile, qui témoignent d'une véritable philosophie de l'existence. Globalement, le peu de focalisation interne utilisée pour les autres personnages contribue à renforcer l'impression de solitude du prince et le caractère décousu de l'aristocratie déclinante.

La focalisation interne permet aussi l'identification et l'empathie du lecteur qui touche la complexité et la solitude du prince. Elle confère également à l'œuvre une puissante tonalité pathétique. Enfin, elle permet au lecteur de bénéficier des connaissances de don Fabrizio, de pénétrer ce monde à part de l'aristocratie, d'en comprendre les codes et les raffinements singuliers. C'est aussi par les méditations du prince que le lecteur apprend ce qu'il s'est passé pendant les ellipses temporelles entre chaque partie.

LA RELIGION CONTRE LA SENSUALITÉ

La religion semble, à première vue, très importante dans la société aristocratique sicilienne que représentent les Salina. Le roman s'ouvre sur une prière, montrant don Fabrizio réciter le rosaire. Il y a une chapelle dans la demeure familiale, et la vie est rythmée par les cloches de l'église. Les Salina vont à la messe et se confessent. Par ailleurs, les filles sont allées au couvent. Cette religion au cœur de l'aristocratie est incarnée par le père Pirrone, qui accompagne le prince la plupart du temps. Pourtant, sa position est ambigüe. En effet, il est souvent en retrait et moqué, notamment par le prince lui-même. Don Fabrizio se montre nu devant lui, en sortant du bain, et rit de sa gêne. Pire encore, il l'emmène dans ses aventures extraconjugales à Palerme.

Malgré l'apparente dévotion de la famille, le prince ne semble finalement pas accorder beaucoup d'importance à la foi : il se confesse tout en sachant que c'est inutile et semble bien plus croire en l'astronomie et les étoiles qu'en Dieu. L'hypocrisie de don Fabrizio en matière de religion est aussi reflétée chez d'autres personnages. Tancredi s'amuse de l'Église lorsqu'il raconte le moment où ses camarades et lui ont fait irruption dans un couvent, surprenant et scandalisant les religieuses.

La foi des Salina est donc fluctuante et irrévérencieuse, voire rejetée. En effet, le prince, insatisfait par son mariage, dénonce la sexualité bridée par l'Église : il n'a jamais vu le nombril de sa femme qui fait le signe de croix avant chaque rapport avec son mari et, à la fin, s'écrie « Jésus Marie ! ». En réponse au comportement prude de Maria Stella, don Fabrizio a plusieurs maitresses, dont l'une d'entre elle est une prostituée. Cette « rébellion » se retrouve dans tout le roman. Le texte est également teinté d'une note sensuelle, notamment grâce à la présence d'Angelica. La belle et sulfureuse jeune fille attire en effet les regards sur elle pendant le repas, et est admirée comme un objet. Sa carnation fait penser à de la crème et sa bouche à des fraises : les hommes veulent la gouter. Ce sont ses manières libres et ses vêtements révélateurs qui séduisent le jeune Tancredi. Alors que les femmes Salina n'existent qu'à travers leur soumission à don Fabrizio (Maria Stella accepte, sur les ordres de son mari, le mariage entre Tancredi et Angelica, tout comme Concetta), Angelica incarne l'intrusion et le triomphe de la sensualité dans l'atmosphère prude de cette famille aristocratique. Lorsque Tancredi et elle se promènent dans les recoins du château labyrinthique, se livrant à un jeu sensuel, cela réveille tous les instincts amoureux de la maison. Une ambiance chaude et nouvelle enveloppe les Salina et réveille des désirs sexuels jusque chez la vieille gouvernante, qui se caresse les seins le soir.

Angelica fait donc une irruption sensationnelle dans l'aristocratie et séduit Tancredi ainsi que don Fabrizio grâce à son charme et sa grâce naturelle. Elle parvient à se hausser dans la société grâce à son pouvoir sur la gent masculine et finira par se marier à un aristocrate. Elle symbolise la montée de la bourgeoisie et son accession au pouvoir. Grâce à son mariage, elle devient princesse de Falconeri. À l'inverse, les trois sœurs Salina se consacrent à la religion et finiront vieilles filles, entourées de reliques poussiéreuses. Elles représentent l'aristocratie déchue et enfermée dans les traditions.

Pourtant, la sexualité triomphante n'est pas l'apanage de la bourgeoisie, mais plutôt de la jeunesse. Don Fabrizio envie la liberté de Tancredi et d'Angelica, qui profitent de la beauté et de la fougue de leur jeunesse, alors que lui-même se sent déjà sur le déclin. Le mariage, qui est une institution religieuse, mettra fin à leurs émois.

« Ce furent là les plus beaux jours de leurs vies par la suite si inégales, si impures sur l'inévitable fond de la douleur [...]. Quand ils furent devenus vieux et inutilement sages, leurs pensées revinrent à ces journées passées avec une insistante nostalgie. C'était le temps du désir toujours vivant, parce que toujours vaincu, [...] le temps de la frénésie sensuelle qui, matée, se sublimait durant quelques secondes en renoncements, c'est-à-dire en véritable amour. » (partie IV)

Comme tout dans le roman, la sensualité et la vivacité sont vouées à s'éteindre. Le temps emporte tout sur son passage.

Votre avis nous intéresse !
Laissez un commentaire sur le site de votre librairie en ligne
et partagez vos coups de cœur sur les réseaux sociaux !

PISTES DE RÉFLEXION

QUELQUES QUESTIONS POUR APPROFONDIR SA RÉFLEXION…

- Qu'est-ce qui fait du *Guépard* un roman historique ?
- Quels rapports Lampedusa établit-il entre les hommes et les animaux dans *Le Guépard* ?
- Quelle est la place faite à la religion dans le roman ?
- Quelle vision de l'amour se dégage du roman de Lampedusa ?
- En quoi la famille Salina et la famille Sedara s'opposent-elles ?
- Peut-on considérer la cinquième partie du roman, consacrée au père Pirrone, comme une digression ?
- Pourquoi, selon vous, Lampedusa a-t-il fait de don Fabrizio un scientifique, et en particulier un astronome ?
- Pourquoi, à votre avis, le roman ne s'achève-t-il pas à la fin de la septième partie, à la mort du prince ?
- Le gout de Lampedusa pour la littérature française se vérifie dans *Le Guépard*. L'auteur lui-même a insisté sur le caractère intertextuel de son roman. Étudiez notamment les variations autour du « Voyage à Cythère », poème extrait des *Fleurs du mal* de Baudelaire (poète français, 1821-1867), et rapprochez la fin de la septième partie avec l'épisode de la mort de Baldassare Silvande dans *Les Plaisirs et les Jours* de Marcel Proust.
- Le réalisateur Luchino Visconti a adapté le roman de Lampedusa au cinéma en 1963. Si le film a été salué pour sa fidélité à l'œuvre originale, certaines scènes ont été rallongées quand d'autres ont été supprimées. Expliquez

ce choix.

POUR ALLER PLUS LOIN

ÉDITION DE RÉFÉRENCE

- TOMASI DI LAMPEDUSA G., *Le Guépard*, Paris, Seuil, coll. « Points », 2007.

ÉTUDES DE RÉFÉRENCE

- BERGERON C., « Giuseppe Tomasi di Lampedusa : de l'aristocratie comme principe spirituel », in *L'Inconvénient*, n° 60, 2015.
- CASTAGNÉ E., *Le Guépard*, Paris, Bréal, coll. « Connaissance d'une œuvre », 2007.
- CRIPPA S., *Le Guépard*, Paris, Hatier, coll. « Profil bac », 2007.

ADAPTATION

- *Le Guépard*, film de Luchino Visconti, avec Alain Delon, Claudia Cardinale et Burt Lancaster, Italie, 1963.
  Cette adaptation cinématographique du livre de Lampedusa est très fidèle au roman. Elle est notamment remarquable par la précision de la reconstitution de la Sicile. Visconti, dont les premières œuvres étaient à l'origine dans la mouvance du néoréalisme, fut accusé, avec *Le Guépard*, de faire preuve d'un classicisme rétrograde. Cependant, le film a contribué à montrer, par-delà les questions idéologiques, la valeur universelle du roman, en mettant l'accent sur la quête existentielle angoissée de son personnage principal.

Retrouvez notre offre complète sur lePetitLittéraire.fr

- des fiches de lectures
- des commentaires littéraires
- des questionnaires de lecture
- des résumés

ANOUILH
- Antigone

AUSTEN
- Orgueil et Préjugés

BALZAC
- Eugénie Grandet
- Le Père Goriot
- Illusions perdues

BARJAVEL
- La Nuit des temps

BEAUMARCHAIS
- Le Mariage de Figaro

BECKETT
- En attendant Godot

BRETON
- Nadja

CAMUS
- La Peste
- Les Justes
- L'Étranger

CARRÈRE
- Limonov

CÉLINE
- Voyage au bout de la nuit

CERVANTÈS
- Don Quichotte de la Manche

CHATEAUBRIAND
- Mémoires d'outre-tombe

CHODERLOS DE LACLOS
- Les Liaisons dangereuses

CHRÉTIEN DE TROYES
- Yvain ou le Chevalier au lion

CHRISTIE
- Dix Petits Nègres

CLAUDEL
- La Petite Fille de Monsieur Linh
- Le Rapport de Brodeck

COELHO
- L'Alchimiste

CONAN DOYLE
- Le Chien des Baskerville

DAI SIJIE
- Balzac et la Petite Tailleuse chinoise

DE GAULLE
- Mémoires de guerre III. Le Salut. 1944-1946

DE VIGAN
- No et moi

DICKER
- La Vérité sur l'affaire Harry Quebert

DIDEROT
- Supplément au Voyage de Bougainville

DUMAS
- Les Trois Mousquetaires

ÉNARD
- Parlez-leur de batailles, de rois et d'éléphants

FERRARI
- Le Sermon sur la chute de Rome

FLAUBERT
- Madame Bovary

FRANK
- Journal d'Anne Frank

FRED VARGAS
- Pars vite et reviens tard

GARY
- La Vie devant soi

GAUDÉ
- La Mort du roi Tsongor
- Le Soleil des Scorta

GAUTIER
- La Morte amoureuse
- Le Capitaine Fracasse

GAVALDA
- 35 kilos d'espoir

GIDE
- Les Faux-Monnayeurs

GIONO
- Le Grand Troupeau
- Le Hussard sur le toit

GIRAUDOUX
- La guerre de Troie n'aura pas lieu

GOLDING
- Sa Majesté des Mouches

GRIMBERT
- Un secret

HEMINGWAY
- Le Vieil Homme et la Mer

HESSEL
- Indignez-vous !

HOMÈRE
- L'Odyssée

HUGO
- Le Dernier Jour d'un condamné
- Les Misérables
- Notre-Dame de Paris

HUXLEY
- Le Meilleur des mondes

IONESCO
- Rhinocéros
- La Cantatrice chauve

JARY
- Ubu roi

JENNI
- L'Art français de la guerre

JOFFO
- Un sac de billes

KAFKA
- La Métamorphose

KEROUAC
- Sur la route

KESSEL
- Le Lion

LARSSON
- Millenium I. Les hommes qui n'aimaient pas les femmes

LE CLÉZIO
- Mondo

LEVI
- Si c'est un homme

LEVY
- Et si c'était vrai…

MAALOUF
- Léon l'Africain

MALRAUX
- La Condition humaine

MARIVAUX
- La Double Inconstance
- Le Jeu de l'amour et du hasard

MARTINEZ
- Du domaine des murmures

MAUPASSANT
- Boule de suif
- Le Horla
- Une vie

MAURIAC
- Le Nœud de vipères

MAURIAC
- Le Sagouin

MÉRIMÉE
- Tamango
- Colomba

MERLE
- La mort est mon métier

MOLIÈRE
- Le Misanthrope
- L'Avare
- Le Bourgeois gentilhomme

MONTAIGNE
- Essais

MORPURGO
- Le Roi Arthur

MUSSET
- Lorenzaccio

MUSSO
- Que serais-je sans toi ?

NOTHOMB
- Stupeur et Tremblements

ORWELL
- La Ferme des animaux
- 1984

PAGNOL
- La Gloire de mon père

PANCOL
- Les Yeux jaunes des crocodiles

PASCAL
- Pensées

PENNAC
- Au bonheur des ogres

POE
- La Chute de la maison Usher

PROUST
- Du côté de chez Swann

QUENEAU
- Zazie dans le métro

QUIGNARD
- Tous les matins du monde

RABELAIS
- Gargantua

RACINE
- Andromaque
- Britanricus
- Phèdre

ROUSSEAU
- Confessions

ROSTAND
- Cyrano de Bergerac

ROWLING
- Harry Potter à l'école des sorciers

SAINT-EXUPÉRY
- Le Petit Prince
- Vol de nuit

SARTRE
- Huis clos
- La Nausée
- Les Mouches

SCHLINK
- Le Liseur

SCHMITT
- La Part de l'autre
- Oscar et la
  Dame rose

SEPULVEDA
- Le Vieux qui
  lisait des romans
  d'amour

SHAKESPEARE
- Roméo et Juliette

SIMENON
- Le Chien jaune

STEEMAN
- L'Assassin
  habite au 21

STEINBECK
- Des souris et
  des hommes

STENDHAL
- Le Rouge et
  le Noir

STEVENSON
- L'Île au trésor

SÜSKIND
- Le Parfum

TOLSTOÏ
- Anna Karénine

TOURNIER
- Vendredi ou
  la Vie sauvage

TOUSSAINT
- Fuir

UHLMAN
- L'Ami retrouvé

VERNE
- Le Tour
  du monde
  en 80 jours
- Vingt mille
  lieues sous
  les mers
- Voyage au
  centre de
  la terre

VIAN
- L'Écume des jours

VOLTAIRE
- Candide

WELLS
- La Guerre des
  mondes

YOURCENAR
- Mémoires
  d'Hadrien

ZOLA
- Au bonheur
  des dames
- L'Assommoir
- Germinal

ZWEIG
- Le Joueur
  d'échecs

www.lepetitlitteraire.fr

ISBN version numérique : 978-2-8062-9278-0
ISBN version papier : 978-2-8062-9279-7
Dépôt légal : D/2016/12603/968

Avec la collaboration de Pauline Coullet pour l'encadré
« L'importance du bestiaire dans le roman » pour l'étude
du personnage de Bendicò ainsi que pour le chapitre « La
religion contre la sensualité ».

Conception numérique : Primento,
le partenaire numérique des éditeurs.

Ce titre a été réalisé avec le soutien de la Fédération
Wallonie-Bruxelles, Service général des Lettres et du Livre.